en busca de mi rosa

Rebecca
SEPÚLVEDA

OTROS LIBROS PUBLICADOS POR LA AUTORA

ANTONIO Y OTROS ÁNGELES
2019

EL ÚLTIMO CAÍDO
2019

LA MUJER PERFECTA
2019

MOVIENDO CIELO Y TIERRA
2020

DOS ALMAS, UNA VIDA
2021

En busca de mi rosa

UNA NOVELA DE

REBECCA SEPÚLVEDA

EN BUSCA DE MI ROSA

© 2023 por Rebecca Sepúlveda

Edición:

Gisella Herazo Barrios | Agencia Arte & Expresión

www.agenciaarteyexpresion.com

@agenciarteyexpresion · @gisellacomunica

Diseño de portada y maquetación:

María Alejandra Ruíz

Marema Designs para Agencia Arte & Expresión

www.maremadesigns.com · @maremadesigns

Ninguna parte de esta publicación podrá ser reproducida o transmitida de ninguna forma o por algún medio electrónico o mecánico; incluyendo fotocopia, grabación o por cualquier sistema de almacenamiento y recuperación sin el permiso previo por escrito de la autora.

Nota de la autora: Los relatos narrados en esta obra son ficticios. Cualquier parecido con la realidad, es pura coincidencia.

ISBN: 9798373574259

Categoría: Ficción | Autoayuda

Impreso en Estados Unidos

A ti, mi Pablo, que adornas mis días con hermosos detalles.

A ti dedico este libro.

Gracias por todas las rosas que me has regalado en este tiempo que llevamos juntos; ellas le dieron alas al tema de esta novela. Llevaba muchos años sola y no me imaginaba que estaría destinada a una nueva rosa, ni que Dios me permitiría volver a experimentar el amor de pareja.

Gracias a Dios por sus detalles conmigo y por eso a Él también le dedico este libro, como todos los anteriores.

Sin Él, nada sería posible.

CONTENIDO

Introducción 9
Capítulo I 13
Capítulo II 21
Capítulo III 25
Capítulo IV 29
Capítulo V 35
Capítulo VI 43
Capítulo VII 51
Capítulo VIII 55
Capítulo IX 69
Capítulo X 79
Epílogo 93
Sobre la autora 95
Notas 97

INTRODUCCIÓN

Este libro ha nacido en un momento de mi vida en el que el amor romántico ha vuelto a surgir y mis días se regocijan con las cosquillas de las mariposas que han despertado.

Tengo que confesar que, en lo profundo de mi corazón, anhelaba encontrar el amor. Deseaba la dicha de tener un compañero con quien compartir mis bendiciones y mi vida. Muchas veces le oré a Dios por ese caballero, y con esa confianza que se tiene con un padre, me atreví a hacerle una lista con las características primordiales que quería en esa persona.

También confieso que, mientras esperaba, en ocasiones llegué a cuestionarme si realmente una vida en pareja es lo que Él deseaba para mí; me planteé que quizás el plan divino me necesitaba soltera. Hoy me alegra saber que no fue así porque todo ha sido más especial de lo imaginado.

Sin embargo, el proceso de enamorarme ha traído consigo todo tipo de emociones, pero no todas han sido buenas; algunas de ellas, incluso intentaron nublar mi dicha. Llevaba demasiados años gozando de la independencia y no imaginaba que la valentía iba a ser parte de una etapa tan hermosa. Y es que, para ser felices, en ocasiones debemos atrevernos a afrontar cambios y dejar costumbres o rutinas de comodidad. Debemos animarnos a buscar nuestra rosa.

Pablo, mi pareja, es un hombre lleno de detalles, y uno de ellos fue el que trajo la «musa» que se transformó en las letras que hoy estás leyendo. Él me regaló una rosa enchapada en oro, de esas llamadas *Forever Rose*. La admiro a menudo anhelando que así de duradera sea nuestra relación. En uno de esos instantes, admirando esa hermosa rosa, pensando en lo que realmente buscamos y lo que necesita nuestra alma, surgió esta novela, donde la búsqueda del amor real es el tema principal.

Hoy, al terminar de escribir esta obra, llevo ya un año con el que hoy es mi prometido y le doy gracias a Dios por darme la oportunidad de cruzarlo en mi vida. No sabemos el mañana, pero el hoy es un regalo hermoso.

Si hoy tu corazón está en busca de tu rosa, del amor genuino, no desesperes. La rosa más hermosa, más real, más auténtica, la que más perdura, llegará a ti. Si ya la tienes, consérvala, valórala, deléitate en ella.

Te deseo todo el amor del mundo y que disfrutes mientras me acompañas en este viaje...

CAPÍTULO I

Keysa se encontraba sumergida en sus pensamientos, cuando el bullicio alrededor la trajo de vuelta a la realidad. Para muchos, aquello se sentiría como salir de la oscuridad de un sueño, a la claridad que trae despertar; pero para ella se sentía al revés: salía de la claridad de su mente a la oscuridad de la realidad del mundo.

Esa misma sensación de vacío se ha reflejado en su semblante desde el día que le dieron la noticia del fallecimiento de su prometido, hace exactamente siete meses, tres días, nueve horas y unos pocos minutos.

Esos pocos minutos se transforman en eternas etapas de múltiples contemplaciones de un pasado que se convierte en un incierto presente. Minutos a los que algunos llaman traumas y otros los utilizan como máquinas de transporte en el tiempo. Duele tan fuerte como en el pasado y las lágrimas saben igual de amargas. Ese momento donde te apagan el interruptor de la felicidad y no te explican dónde o cómo volver a encenderlo.

La gente camina por su lado con sus maletas, todos bajando del mismo vuelo. Algunos corren para comenzar sus vacaciones; pero Keysa regresa a casa luego de un viaje que no dio los resultados esperados.

Su madre le había asegurado que ese viaje sería de sanación, pero una vez más, las situaciones tomaron un giro inesperado e indeseado. Definitivamente, ese no era su año. Durante sus muchas noches en vela se preguntaba: ¿en qué momento le había cambiado la suerte?

Keysa, siendo una mujer cristiana, no se había dado cuenta de que su fe ya había comenzado a vacilar. Nunca creyó en las supersticiones, pero para ese momento su mente ya empezaba a recorrer su pasado, buscando momentos en los que pudo haber caminado por debajo de alguna escalera, cruzado frente a algún gato negro, o algo parecido. Coqueteaba con la conclusión de que su mala racha era culpa del destino o la mala suerte, porque total, a estas alturas todo podía ser posible.

Al salir del avión y caminando por el túnel hacia la puerta que la llevaría de vuelta a su casa en Madrid, analizaba que así mismo contemplaba su vida. Siempre la vio como un camino recto, sin rutas alternas que la desviaran; era imposible equivocarse. Se casaría con el amor de su vida, abrirían juntos su oficina de psicología, y tendrían hijos... Todo perfectamente coordinado, simple y preciso, porque lo más difícil de encontrar, ya lo tenía: el amor. Y no cualquier amor, su prometido era apuesto, caballeroso, con las mismas creencias religiosas y hasta psicólogo como ella. No tenían que pedir nada más, solo tiempo.

Lo conoció en los últimos años de su carrera, así que ambos habían disfrutado su juventud y estaban preparados para comenzar un hogar. Coincidían en todas las ideas para sus oficinas, sus prácticas, su futuro. Todo era así de sencillo, como ese túnel, sin ventanas, sin distracciones, sin complicaciones; solo una salida, una dirección.

Sin darse cuenta, su mente corría entre memorias, mientras su cuerpo estaba detenido esperando instrucciones. Una vez más, esa luz brillante en su subconsciente le nublaba sus pensamientos y le hacía perder el aire.

Entre tanto, un pasajero, intentando esquivarla, se tropezó con su maleta, le pidió disculpas y continuó con la multitud. Keysa se quedó pasmada al confundirlo con su difunto prometido. Era sorprendente el parecido. Unas pocas lágrimas bajaron por sus mejillas como si conocieran el camino. De tanto llorar, puede que su rostro ya tuviera vías para sus ríos de dolor.

Al sentirlas húmedas, rápidamente se subió el gorro de su *hoodie*[1], sacó un pañuelo de su bolsillo y se dio cuenta de que no le combinaba con sus tenis. Llevaba meses acostumbrada a esa rutina, preparada para las dispersas lluvias de pena en los días nublados de su alma.

Todo había cambiado en su vida, incluyendo su vestimenta. Una joven siempre elegante, que antes prefería los trajes y tacones, ahora usaba *jeans*, camisetas y tenis, porque era lo que mejor combinaba con sus chaquetas con capucha. Esa que llevaba puesta, por ejemplo, la compró con su amiga Marisol, una loca y extrovertida andaluza, amante de la moda, quien la sonsacó para que abandonara la casa y se abasteciera de atuendos de diferentes colores, además de zapatillas deportivas y pañuelos, todos combinados, porque decía que «... *si iba a parecer una pordiosera, que fuera una con estilo*».

Keysa vuelve a mirar su pañuelo y decide sentarse para buscar en su maleta el accesorio correcto. Mientras salía del pasillo, luchaba entre la risa y el llanto. Lloraba porque acababa de imaginar que su expareja había chocado con su maleta; pero a la vez sonreía por la astucia de su amiga, quien no solo había logrado que vistiera combinada, sino que, con eso de estar pendiente al color del pañuelo, siempre la traía al mundo real y la distraía. Cuando caía al abismo del llanto y buscaba su pañuelo, era como si su amiga apareciera y le lanzara un salvavidas para que no se ahogara en las profundidades del dolor y las dudas, nadando entre posibles razones externas.

Después de rebuscar en su maleta, sacó el pañuelo «indicado», lo abrió por completo sobre las palmas de sus manos extendidas y allí mismo, sumergió la cara junto con todo su ser. Era una de las formas con la que más rápido se tranquilizaba. Era como si ese trozo de tela fuera una cortina negra que separaba su impotencia de aquel mundo tan real, tan cruel y agitado. Insensible rutina donde todo y todos continuaban, mientras que ella seguía paralizada, en la banca, fuera del juego, tratando de procesar su presente sin anhelar un futuro.

Varios segundos después, despegó el pañuelo de su cara y encontró frente a ella a una mujer con hermosa cabellera rojiza, sujetando una rosa blanca. Parecía un ángel por su pálida piel, pero no estaba segura si realmente era así de blanca, o si solo era un efecto provocado por el contraste con sus rizos rojizos. Aún tenía la vista un poco nublada por comprimir el pañuelo contra sus ojos y por el sobrante de unas pocas lágrimas que sobrevivieron el evento, por lo que aún no sabía si lo que veía era real. Sin embargo, poco a poco, percibía mejor la escena. Frente a ella estaba una mujer de unos cuarenta años, a la que, mientras más la observaba, más pecas le iban apareciendo en el rostro, así como aumentan las estrellas al contemplar el cielo en la noche.

La mujer le estaba entregando una rosa blanca:

—Me la regalaron, pero creo que a ti te hace más falta que a mí.

El semblante de Keysa cambió involuntariamente de tristeza a desánimo, al contestarle:

—La rosa blanca solía ser mi flor favorita, pero últimamente la aborrezco.

La amable desconocida le preguntó el porqué y Keysa pudo notar su genuino interés por ayudarla. Ante tal acto de bondad, se sintió en confianza y respondió:

—Mi boda iba a estar decorada con rosas blancas. Mi madre es coordinadora de eventos, así que te podrás imaginar los bellos arreglos que tenía planeados. Ya tenía la sala de mi ático repleta de rosas blancas que serían usadas como enredaderas en la escalera, y unas cortinas de rosas que bajarían desde el segundo piso. Eso era solo para las fotos mientras me fuese arreglando en mi casa.

» Pero mi prometido murió unos días antes de la boda, y todas esas rosas comenzaron a morir junto a mi ilusión. Ya le había pagado a una persona para que preservara el ramo de novias en acrílico, así que decidí tomar solo una de esas rosas y conservarla. La tengo en mi sala, hermosa, una sola rosa; pero cada vez que la veo me causa tristeza su soledad. Iba a ser un hermoso ramo y al verla solo recuerdo las otras rosas amarillentas, pudriéndose con algunos pétalos marrones ensuciando el piso de mi sala. En vez de fijarme en su hermosura, pienso en la muerte y la desolación que deja a su paso.

Probablemente se sinceró en exceso con aquella extraña, pero le impresionó la reacción de esta. Lo normal hubiese sido mostrar empatía, un abrazo y tal vez, acompañarla con alguna que otra lágrima; pero no, esta mujer se sonrió, casi de oreja a oreja. Tranquila, como si no hubiese escuchado la palabra muerte, le aconsejó:

—Lo que necesitas es un cambio de percepción. Lo mejor es que ya te diste cuenta, ahora te falta la parte difícil: actuar. Quizás esta rosa que te estoy dando es una prueba de que aquella que está en tu sala no está sola, como tú tampoco lo estás. Puede que sea una muestra del amor de Dios, o el augurio de un nuevo comienzo en tu vida. Siempre puede florecer una nueva rosa, si así Dios lo permite.

CAPÍTULO II

Mikaela es una mujer puertorriqueña, independiente y atrevida. Viviendo en España, lejos de su familia, tuvo que trabajar mucho para salir adelante sin el apoyo de sus seres queridos. Es de esas mujeres que pasaron de ser esposas maltratadas y dependientes, a libres y atrevidas; de esas que han sufrido tanto que ya nada las asusta y solo saben sonreír y reaccionar; de las que aman cada segundo de sus vidas y ríen hasta cuando se les explota una rueda de noche en una calle solitaria; de las que no pierden el tiempo buscando razones entre lamentaciones, porque saben que eso no resuelve nada.

Quizás por eso su personalidad choca tanto con la de su hija Keysa.

Luego de su divorcio, todas sus atenciones han sido para su hija, a quien le ha dado todo. Con mucho esfuerzo fundó su propia compañía de coordinación de eventos, que se convirtió en un imperio en el sector, con varias sucursales en España. Gracias a su beneficioso estado económico, le ha podido proveer todos los caprichos de su hija y así le ha permitido vivir una vida placentera, sin necesidades materiales, cosa que no cambió para nada su humildad y amabilidad. La educó con la misma sencillez con que ella fue criada, los mismos principios, las mismas costumbres puertorriqueñas y hasta el acento boricua de su familia.

Pero, a pesar de los grandes valores que ha sembrado en su hija, no fue suficiente para cubrir otras necesidades en la vida de Keysa, mucho más allá de lo material.

Cuando Pablo, el novio de Keysa murió, Mikaela sufrió por su hija y anticipó que sería un golpe difícil de superar. Hubiera deseado cargar su dolor y aligerarle la pena, pero sus esfuerzos no daban fruto.

Mikaela amaba a Pablo como a su hijo y continuamente daba gracias a Dios por la dicha de ambos. Su inesperada muerte fue un golpe triple para ella: había perdido a su nuevo hijo, un joven admirable de quien vivía orgullosa y a quien extrañaría cada día de su vida, y también habían muerto con él, los sueños de sus futuros nietos, a los cuales ya la imaginación le había dado la dicha de casi verlos.

Contemplaba los castaños ojos de Carla, como esperaba nombrar a su futura nieta, cuando le pidiera un dulce, y sus hermosos rizos cuando la peinara luego del baño. Ya hasta sabía qué productos utilizaría para que no se quejara al desenredarle el cabello y hacerle peinados para la iglesia los domingos. También sabía que al pequeño Braulio, le gustaría el *surf* como al padre, así que ya estaba preparada para el cambio de su rutina, cada verano en la costa, porque tendría que llevarlo a entrenar y verlo competir. La orgullosa abuela ya contemplaba crear camisetas con su nombre o hasta algún logo creativo.

En los últimos meses, esos eran los temas de conversación con su hija, los asuntos serios estaban relacionados con la boda, y los chistes eran sobre los nietos. Había sido una temporada perfecta, y no es para menos. ¡Una coordinadora de eventos planeando la boda de su hija!

Mientras su madre disfrutaba planificando cada detalle del gran día, Keysa se ocupaba de todo lo relacionado con la oficina que abriría junto a su futuro esposo, Pablo. Ambos habían culminado estudios y estaban preparados para abrir su consultorio de psicología, con el que juntos cumplirían con la encomienda de ayudar a la comunidad con la salud mental.

Pero una mala noticia cambió todo. La doctora, sin llegar a ejercer en su consultorio, se había convertido en la paciente, y la madre en su guía.

CAPÍTULO III

Recibir la noticia de la muerte de Pablo, fue como una explosión de pensamientos que ocasionaron un bloqueo en la mente de Mikaela, impidiendo que se concentrara y la procesara. Fue un choque entre el dolor de una madre y una abuela, combinado con el cálculo de la ejecutiva que, sin querer, cuantificó la pérdida de lo invertido en la boda... hasta que su mente llegó a la novia.

Ese encuentro fue el rayo de la realidad que rompió el cristal del llanto. En ese cristal de la imaginación donde pudo visualizar a su hija vestida de novia en el altar llorando mientras esperaba a Pablo. Esa imaginación que pronto se transformó en lágrimas de dolor que no eran insignificantes comparadas con las de su hija.

Sin embargo, al paso de un poco más de dos meses, Mikaela comprobó que se había equivocado, que el dolor no pasaría tan pronto y que su hija no se recuperaría tan rápidamente como pensaba. Ya ella había superado la primera etapa de duelo, mientras que Keysa continuaba como el primer día. Nada había cambiado. Hasta en los días que aparentaban ser mejores, siempre aparecía un detonante que la hacía retroceder. Y ya no era solo porque algo le recordara a Pablo, sino que para Keysa todo en este mundo era una tragedia. Hasta el mejor anuncio de comida para perros era peligroso, había que correr a apagar el televisor porque le recordaba el maltrato de animales. Todo concluía en desgracia, contaminación, violencia, analfabetismo, pobreza. En fin... extremo total.

Por supuesto, la rutina familiar cambió por completo. Ya no veían televisión y casi ni hablaban. A Mikaela le afectaba ver a su hija llorar por todo y peor era el sentimiento de culpa al mencionar algo positivo y ver cómo siempre fallaba y terminaba creando una nueva pena. Sin darse cuenta, se fue alejando y dándole espacio. Pensó que sería suficiente con pagarle el apartamento donde se encerraba, porque quizás esas paredes que tanto contemplaba eran mejor compañía que ella misma, porque entre ellas no lloraba tanto.

Marisol fue la que hizo a Mikaela entrar en cordura y entender que lo peor no es ver a un hijo llorar, sino verlo desperdiciar su vida. Le hizo ver que Keysa ya casi no lloraba porque ya casi no vivía y que era imposible que ambas procesaran una tragedia de la misma manera. La hizo darse cuenta de que ella ya había sufrido y perdido bastante en su vida; pero que a su hija nadie la preparó para ninguna prueba, y mucho menos para una de tal magnitud.

Fue entonces que a Mikaela se le ocurrió alentar a su hija para que volviera al campo de las artes plásticas por un tiempo, con el argumento de que el arte es la mejor terapia. Bastó con plantearle la idea y divisar una pizca de aceptación por parte de Keysa, para que su madre apareciera una tarde con todos los materiales, y para que ella, viendo su entusiasmo, solo se dejara llevar.

Nada apuntaba a la decisión contraria. No tenía fuerzas para discutir con su madre y además sabía que ella también sufría. El ver que, al menos, una de las dos sonreía, ya era un adelanto, así que decidió complacer a Mikaela en todas sus sugerencias.

La primera de ellas, fue que la escultura debía ser espiritual para compensar que Keysa no había estado asistiendo a la iglesia. Le pareció prudente que por lo menos utilizara ese tiempo para meditar al respecto y convertirlo en un tiempo de intimidad. Entre toda la poesía que le recitó Mikaela a Keysa, solo le atrajo la indicación de que, mientras esculpía y creaba su obra, le pidiera al Padre que trabajara en ella y la reconstruyera.

Mikaela continuaba hablando, mientras que Keysa permanecía en una sobredosis de pena que le nublaba la razón. Al final de una tarde juntas y de todas sus instrucciones, solo captó algunos detalles tales como el tamaño y el lugar de exposición: sería donada a la universidad de donde ella y Pablo se graduaron.

Mikaela había logrado que el claustro aceptara su petición de producir una escultura en honor a Pablo... De seguro influyó el cheque de varios ceros que acompañó a la humilde petición.

CAPÍTULO IV

El evento de exposición de la escultura de Keysa, fue el motivo de aquel viaje de supuesta sanidad que la hizo volver a tomar un avión.

En la que fuera su universidad, su obra se mostró por primera vez ante el público. Era una pieza maravillosa: una escultura en una fuente.

Fue un evento sencillo, (tal como se lo había pedido a su madre) corto, privado, entre pocos profesores, amigos y colegas. La tarde fue fresca, con suave brisa y todo parecía ideal.

La fuente estaba ubicada frente a las escaleras donde Pablo y ella pasaban las tardes, y justo ahí crearon un pequeño jardín, en el que, a cada costado, se situaban unos frondosos rosales blancos. Al verlos, Keysa supo que eso había sido idea de su madre, siempre pendiente al detalle sorpresa de cada evento para transformarlo en uno inolvidable.

Fue un evento especial y Keysa pudo controlar sus emociones hasta el momento de encender la fuente.

Entonces empezó a sentir que los chorros de agua bajaban desde su nuca y poco a poco ahogaban cada recuerdo de los tiempos juntos en aquellos escalones.

Recordó la tarde en la que, junto a su amado, discutían las ideas para decorar la oficina, planeaban los viajes que harían, e imaginaban cómo sería la casa que comprarían al plazo de cinco años. Recordó esos besos que se dieron en aquellos escalones, que se transformaban en los muebles más cómodos a los que quería llegar cada tarde.

Todos esos recuerdos ahogados en esa fuente.

De repente, la escultura había pasado a un segundo plano y Keysa no podía dejar de mirar la escalera.

Comenzó a dudar si realmente estaba preparada para presenciar ese evento. Luego recordó cuando Pablo le pidió ser su novia, justo en ese lugar.

Sus ojos comenzaron a llenarse tanto como la fuente, y, al salir la primera lágrima, su alma le confirmó que todo aquello había sido una mala idea. Sus pensamientos le decían que esa fuente era un símbolo morboso e irónico, que literalmente daba a entender que ella deseaba ahogar ese futuro que nunca existiría, y se convencía de que cada gota de agua simbolizaba cada lágrima por el recuerdo de un amor verdadero. Su corazón le confirmaba que lo lloraría por siempre.

Tuvo suerte que todos estaban enfocados en la fuente y que sus aplausos disiparon los sonidos del dolor.

Había sido un acierto llevarse a Marisol con ella. Desde el principio, su amiga había opinado que hacer la escultura era una buena idea, pero no lo era viajar a la universidad. Una vez más le demostraba que la conocía mejor que ella misma.

Mientras todos contemplaban la fuente y comentaban entre sí los detalles, Marisol se llevó a Keysa, excusándose con quienes se les cruzaban, diciendo que tenían prisa porque tenían otro evento que atender.

Caminaron directo al bar que Marisol frecuentaba, y la espontánea colega regañó a Keysa, en forma de broma, mientras ordenaba un par de cervezas:

—¿Tú quieres conmemorarlo? Pues aquí es donde lo debes hacer, recordando lo mucho que rieron y bailaron en este lugar. ¡Imagínatelo feliz! Visualízalo tal como era: serio, educado, pero todo un ligón[2]. Siempre le dije que él era una mezcla rara. Brindo por Pablo y porque ahora mismo está mejor que nosotras. Eso no es motivo de tristeza. —Mientras chocaban sus vasos, Marisol continuaba con su reprimenda escondida entre chistes—. ¡Chiquilla! Te dije que no miraras la fuente en ningún momento. ¡Tú que eres un grifo abierto! ¡Sabía que sería demasiada agua!

Keysa no había terminado de reprocharle porque ella no bebía, y ya le había sacado unas carcajadas. Aun sonriendo le exige:

—Toma aire y escúchame. Primero que nada, sabes que no bebo. Segundo, en mi defensa diré que lo que me dio nostalgia fueron las escaleras.

Marisol se paró en protesta.

—¿Y entonces no podías mirar las columnas de la escalera o las águilas feas en los topes? ¡Olvídalo! Ya pasamos ese trago amargo. Alzo la copa por Pablo. Mi amigo amado, ya quedas conmemorado. Fuiste y serás querido por todos. Hasta muerto me sigues ganando. Keysa te sigue amando más a ti que a mí, pero ya no te peleo por eso.

Keysa con una sonrisa desaprobaba el comentario fuera de lugar, pero ya la conocía bien y sabía que su corazón solo sentía amor por Pablo y por ella.

Marisol, tapando su boca, continúa con su brindis:

—¡Vaya! Otro comentario insensible, como decía Pablo.

Alzando su copa una vez más, esta vez mirando al cielo, continuó con su discurso en un intento fallido de excusarse con su amigo.

—Bueno Pablo, yo no tengo tacto, pero al contrario de ti, sí tengo manos ¡Ese fue bueno! ¿No? ¿Muy pronto? —dice mirando la cara de reproche de Keysa—. Yo creo que ese chiste ya está permitido. Ya ha pasado tiempo de su muerte.

Keysa sonrió intentando pasar por alto la pregunta inadecuada, y le responde:

—Y este es otro de los momentos en el que me pregunto cómo llegamos a ser tan buenas amigas y cómo es que te amo tanto.

Marisol le dio un fuerte abrazo.

—Ya te lo he explicado. En el bachillerato, yo necesitaba una empollona[3] de quien copiarme. En ese entonces fue solo por mi bienestar. Pero luego me aconsejaste que estudiara alguna carrera universitaria y pues tuve que venir contigo. Esa te la buscaste tú. Luego te enamoraste de un hombre tan aburrido como tú y tuve que... —terminaron la frase juntas— ¡darle un toque de diversión a tu vida!

Keysa abrazó a Marisol.

—Así ha sido. Eres más que una amiga. Eres mi hermana. ¡Venga! Brindemos por Pablo.

Marisol volvió a tomar la postura de un elocuente maestro de ceremonias, y carraspeando su garganta, continuó:

—Pablo... que te conozco, fíjate en el brindis y no en los detalles. Apuesto que desapruebas que brindemos con una cerveza. Este chico es muy fino para mí —le dice a Keysa al oído—. Pero bueno, volviendo al brindis: ¡Pablo! Tuviste el honor de ser el primer amor de mi hermana y así de especial eras y serás. La gloria para los mejores y eres uno de esos. ¡Nunca te olvidaremos! Por ti, mi amigo, ¡salud!

Así fue como comenzó esa larga noche que marcaría la vida de Keysa.

CAPÍTULO V

Keysa salió del aeropuerto con su rosa blanca y tomó un taxi hasta el apartamento de Marisol. Su amiga vive en un bloque de apartamentos, en una concurrida avenida con restaurantes y tiendas de renombre. Pero lo mejor de este es su vista, porque al cruzar la calle se encuentra un parque con hermosos jardines y suficiente espacio para las familias que quieren extender sus manteles de pícnic, y también para los que prefieren reunirse a entrenar, practicar yoga u otros deportes.

Al bajar del taxi, decidió deshacerse de la rosa. Había sido un lindo gesto que había cumplido su propósito con el poderoso mensaje de aquella extraña; pero prefería despedirse de ella mientras estaba bella y no verla marchitar, evitando recuerdos no deseados. Así que la contempló una vez más, agradecida, miró hacia ambos lados para asegurarse de que nadie la viera desechar aquella hermosa flor, y sin pensarlo mucho más, finalmente, la tiró.

Cumplida la hazaña, decidió cruzar la calle y sentarse en uno de los bancos del parque para meditar sobre lo que le dijo aquella desconocida. Ya sentada, disfrutaba de la brisa mientras observaba a las personas pasar.

Caía la tarde, así que el ambiente estaba combinado entre familias, ejecutivos que salían y entraban en los restaurantes, y los deportistas que finalizaban su labor. De hecho, justo detrás de ella, se encontraba un padre jugando a la pelota con su hijo.

Keysa continuaba distraída, observando de lejos los autos y el ajetreo de la avenida, cuando un ruido la trajo a la realidad. El balón había derribado el bote de basura que estaba al lado del banco donde ella estaba sentada.

Sin pensarlo dos veces, tomó el balón y se lo lanzó al niño para devolvérselo. Enderezó la papelera, que, para su suerte, estaba casi vacía, recogió dos o tres papeles, y se sorprendió al encontrar entre estos una rosa blanca, muy parecida a la que ella acababa de tirar.

Fue tanta la casualidad, que por un segundo se cuestionó si había botado su rosa al cruzar la calle o si sería la misma. Mientras recorría los hechos mentalmente, se percató que esta era diferente y que tenía un papel envuelto en la parte baja del tallo.

Aún dudando si eso sería algún tipo de señal, tomó la rosa para tirarla, pero justo antes de soltarla, pudo notar que el papel estaba escrito y que alcanzó a leer las palabras: «*Te amo*». Fue tanta la curiosidad, que decidió abrir la nota y se sentó a leerla.

El papel era color menta claro, con diseños de pétalos en los bordes de ambos lados, con una rosa acostada al final.

Otra rosa para mi amor

Es increíble que haya pasado tanto desde tu muerte. Aquí, en el mismo lugar donde compartimos tantas tardes juntos, estaré todas las tardes de esta semana tan especial para nosotros. Te traeré una rosa cada día, como símbolo de nuestras lindas memorias juntos. Es tiempo de que sueltes este mundo y despedirnos.

Te aviso que estoy preparado para volver a tener un encuentro especial y disfrutar del amor verdadero.

Leer esa carta agitó todos los sentidos de Keysa y la hizo cruzar, lo antes posible, al apartamento de Marisol. Al entrar, comenzó a contarle todo a su amiga sin siquiera saludarla. Fue un desahogo que le permitió ir descifrando todos los sucesos.

Marisol, siempre tan tiernamente insensible, la observa mientras le cuestiona:

—También me alegro de verte. Y ya que nos saludamos tan cortésmente, te pregunto: ¿Qué es tan importante como para que yo tenga que parar la peli que estoy viendo?

Keysa cruza sus brazos, lanzándole una mirada retadora. De inmediato, Marisol comprendió la magnitud del asunto.

—¡Oh... ya veo! No es importante, es MUY importante. ¡Venga, no le des vueltas y cuéntamelo todo!

Keysa le narró lo que sucedió con lujo de detalles, describiendo los sentimientos que cada evento hizo aflorar en su ser. Pero lo que más sorprendió a Marisol, fue el interés de Keysa hacia el hombre que había escrito esta carta. Escuchaba su emoción al contar cada detalle de este, como si ya le hubiese descifrado su vida.

—Me imagino que es viudo y que esta carta es para su difunta esposa, que lleva bastante tiempo muerta porque explica que ya está preparado para soltarla y volverse a enamorar. Supongo que se acerca una fecha especial, quizás el día de los enamorados, la semana de su aniversario o algo parecido, y por eso estará en ese lugar todas las tardes de esta semana. Pienso que es en uno de los restaurantes de por aquí, porque el papel tiene una mancha de café.

Keysa ya se imaginaba su sufrir y las etapas de duelo que debía haber superado. No solo se sentía identificada porque ambos sufren la misma pena, sino que le atraía la forma en la que se expresaba. Imaginaba que era un buen hombre, como Pablo; un hombre que sabía amar a plenitud.

Marisol se emocionó por su amiga, quien al fin mostraba algo de luz en su mirada. Destellos de energía resurgían de esos ojos inertes, que ahora lucían más abiertos. Incluso sus cejas comenzaron a recibir esa energía, y en sus facciones revivieron expresiones de interés.

Llevaban meses sin tener conversaciones interesantes; todas eran básicas y neutrales, como la mirada de Keysa... como una pantalla negra con la línea recta, neutral, sin latidos, sin sentido, sin vida. Pero esa tarde, al fin, Marisol, pudo notar algo de pulso en esa mirada que mostraba leves señales de entusiasmo por algo nuevo. Ella supo entonces que debía aprovechar la oportunidad para revivirla.

Se paró a su lado, le echó el brazo por la espalda, le colocó su otra mano en el pecho como si le estuviera acomodando los parches de electrodos, para luego encender el desfibrilador, y le susurró una pregunta que, como electrochoques, despertaría su corazón, le traería ritmo a sus días, y entusiasmo y brillo a su mirada.

—¿Qué tal si buscamos tu rosa?

Esa pregunta fue inesperada. Keysa, intrigada, respondió:

—¿A qué te refieres con buscar mi rosa?

Marisol debía jugárselas todas, ahora que su amiga estaba reaccionando.

—Lo que creo es que la rosa debe ser alguna señal que te está buscando o te está mostrando un nuevo camino. Ahora que entendiste el mensaje, te toca a ti buscarla a ella. Piénsalo. Llevabas meses creando una escultura con rosas. Quizás, como tú dices, Dios quiere usarla para guiarte a tu destino. Ese hombre irá todas las tardes de esta semana a la misma cafetería, con una rosa blanca. ¡Iremos a buscarlo!

—¡¿Qué me dices?! —exclamó Keysa, sorprendida. —Eso no suena a una buena idea. Tú y tus locuras... ¿Recuerdas la vez que fuimos de hotel en hotel buscando a tu cantante favorito? Gastamos toda nuestra paga y nunca lo encontramos.

—¡Esos días fueron divertidísimos! —respondió Marisol mientras se lanzaba al sofá sin parar de reírse—. No lo encontramos, pero tenemos buenas anécdotas, además conocimos a unos vigilantes que terminaron enseñándonos defensa personal. ¿Te acuerdas de esta?

Ambas reían mientras simulaban las tácticas que les enseñaron. Keysa, como siempre, la mejor estudiante, dominó a su amiga. Marisol, atrapada con la llave que la mantenía prisionera, le anuncia a Keysa:

—Ahora sí que me convenciste. Acepto ir contigo en la búsqueda de tu rosa.

Keysa, riendo, la regaña.

—No vengas con tus mañas, que yo no te he pedido nada.

Mientras abraza a su amiga, Marisol le dice:

—No tienes que suplicarme. ¡Ya acepté! Si te sientes culpable, pues está bien, digamos que fue mi idea; me llevo la responsabilidad de tus inventos. Pero quiero añadir que tu ocurrencia fue muy buena. Comenzamos mañana.

Keysa ya estaba analizando la situación.

—No he aceptado todavía, pero de lanzarnos a la loca misión, ¿cómo lo haríamos? En esta calle hay como quince cafeterías o restaurantes. ¿Y si es en otra? Puede que sea una misión imposible.

No hacía falta que Marisol brincara de alegría para que se percibiera la celebración en su rostro. Entre los fuegos artificiales en su mirada y las luces de neón proyectadas desde su sonrisa, era evidente que ese momento era solemne y sería inolvidable. Había que conmemorar el resurgimiento de su amiga. Ella no perdió el tiempo y, sin dudarlo, trazó un plan.

CAPÍTULO VI

La aventura comenzó, pero como era de esperarse, no obtuvo resultados inmediatos. Por la ubicación del bote de basura, dedujeron que debía ser una de las cafeterías al norte de la avenida y acordaron visitar una cada tarde. Al no saber la hora exacta, debían quedarse en cada una por varias horas, luego podían rondar las otras, por si encontraban pistas de alguna rosa blanca. Pero el entusiasmo no le duró mucho a Keysa, y en la segunda tarde ya estaba dudosa.

—No puedo evitar sentirme tonta. Me siento como una psicópata que va de cafetería en cafetería buscando un hombre con una rosa.

Marisol la interrumpió.

—No te lleves todo el crédito, somos dos psicópatas —decía entre risas—. Estás exagerando. ¿Tan pronto te rindes?

Mientras Keysa tomaba un sorbo de café, le lanzó a Marisol una mirada dominante.

—No me estoy dando por vencida, solo estoy siendo realista. Lo peor no es lo que hacemos, sino para qué lo hacemos. Ni siquiera sé qué haremos cuando lo encontremos.

Entre risas, su amiga le contesta:

—Ya estás pensando en lo que harás cuando lo encontremos. Me encanta lo positiva que estás. ¡Esa es mi amiga! Muy buena señal.

A Keysa no le pareció gracioso su comentario.

—No empieces con tu psicología invertida.

Notando la seriedad de su amiga, Marisol decide cambiar el tema.

—Ya estamos aquí. Pasémosla bien hoy y ya hablamos luego de mañana. Disfrutemos este café y hablemos de nosotras. Te dije que estas tardes nos hacían falta. No terminamos bien en ese viaje y no hemos hablado al respecto.

—No tenemos nada que hablar. —contestó Keysa, desconcertada y nerviosa.

—Pensé que para eso habías ido a visitarme. Aún no comprendo qué sucedió esa tarde en el bar. Todo estuvo bien luego de la inauguración de la fuente, pero necesitamos hablar sobre lo que pasó después.

Keysa, evadiendo el tema, se mostraba distraída observando a las personas que entraban a la cafetería.

—No quiero hablar de eso.

—Pues... hablemos de la escultura —respondió Marisol, resignada—. Esperaba un Adonis con el rostro de Pablo y una hoja en sus... genitales.

Ambas rieron y Keysa no podía parar de imaginarse tal cosa.

—¡Eres increíble! Sabes lo conservadora que soy. Solo vi a Pablo sin camisa como tres veces en la playa. Sabes que aún soy virgen porque ambos esperábamos al matrimonio.

Cambiando a un tono más serio, Marisol le confiesa su admiración.

—Realmente esa escultura te quedó hermosa. Sé que eres cristiana, pero no esperaba algo así.

Keysa se envolvió contándole cómo surgió su inspiración, le habló de los consejos de su madre y de cómo todo fue tomando forma.

—Estaba consciente de que mi escultura debía tratarse de algo que me acercara más al Padre, porque el dolor me había alejado de Él. Cuando Pablo murió, fui una desagradecida, como desagradecida, como una niña malcriada. Mi vida era casi perfecta; Dios me lo había dado todo y siempre contestaba mis peticiones. Luego, de la nada, me quitó una de las bendiciones más hermosas que me había regalado. No me lo consultó, no me preparó. Me había dado un regalo inesperado e incalculable y luego me lo arrebató. No lo creí y eso me llevó a sentir rencor. Yo no lo había pedido, Él me lo quiso dar, entonces ¿para qué me lo dio si no sería mío?

» Entonces comencé a poner en una balanza mi servicio a Dios, mi vida cristiana y sus bendiciones, y por primera vez me creí merecedora de todo lo que me había dado. Una hija ejemplar que el Padre debía seguir complaciendo. Analicé el balance de mis oraciones y actos con sus respuestas. ¡Qué bajo caí!

Unas lágrimas se asomaron y bajaron tan fácil como si tuviesen una ruta marcada. El pañuelo ya estaba de camino, aunque a algunas las encontró en la meta, cayendo al vacío. Los ojos de Marisol también se inundaron de tristeza y empatía.

—Somos psicólogas de profesión y sabemos que eso es normal; no te culpes. Esos debates internos son inevitables y a la vez necesarios.

Ya un poco más calmada, Keysa concuerda con su amiga.

—Pues eso fue lo que me llevó a analizarme como cristiana. Antes pensaba que llevaba una relación ejemplar con Dios, ¡y claro que todo iba bien! Si me daba todo, era fácil ser una buena hija.

»En este proceso comencé a hablarle más seguido, a buscar la cercanía que teníamos cuando era niña, cuando todas las noches le cantaba antes de dormir y todo se lo consultaba. No recuerdo en qué punto o a qué edad dejé de hacerlo pero para trabajar en la escultura, necesité recordar los tiempos en los que asistía al grupo de jóvenes y las veces que llegué a sentir la presencia del Espíritu Santo. ¿Cómo es que ya no pensaba en esos momentos tan especiales? ¿Cómo es que vivía sin anhelar volver a sentirlos? Ahí comencé a evaluar quién en realidad era yo.

La mesera las interrumpe por quinta vez. En esta ocasión, Keysa prefirió ordenar otro café porque sentía que pronto les invitarían a irse. A Marisol, por su parte, nada ni nadie la inquietaba.

—Tú siempre tan maja, pero otro café no creo que sea tan buena idea. Estarás más inquieta. O... pensándolo bien, quizás sí lo es. Tal vez con más cafeína te animarás a hablar con ese chico de la esquina. No tiene rosa, pero se ve muy bien.

Keysa se tomó el atrevimiento de mirarlo detenidamente. Era apuesto y estaba leyendo un libro interesante. Saboreaba unos panecillos con mantequilla y parecía disfrutarlo todo: la lectura, el pan, el café, su soledad, su propia compañía. Mostraba comodidad con el ambiente, con el momento, con su vida. Las sensaciones que emanaba le agradaron a Keysa.

Ambas reían mientras ella lo observaba; sabían que por más cafés que Keysa se tomara, eso nunca pasaría. Ella nunca se atrevería a dar el primer paso, pues había sido siempre muy tímida y reservada en ese tema de las relaciones y los hombres. Nunca comentaba si le interesaba o le atraía un chico, nunca se inquietó por no haber tenido admiradores o novios.

Por eso se aferró tan fuerte al amor de Pablo. Se enamoró de él desde el momento en que este le habló por primera vez. Fue como si toda la vida lo hubiese estado esperando y lo reconociera al instante. Fue dichosa al no tener que ir de relación en relación, dando tumbos y desperdiciando llantos, como le sucede a la mayoría de las personas.

Ya Keysa estaba acostumbrada a los comentarios de Marisol. Eran solo bromas que no necesitaban ninguna respuesta o acción. Sin embargo, en esta ocasión algo diferente la inquietó.

Mientras ambas reían, Keysa sintió un poco de nerviosismo al recordar la tarde luego de la inauguración. Recordó que aquel día, Marisol, como de costumbre, la retó a hablarle a un caballero que acababa de entrar al bar; y ella, como de costumbre, la ignoró. Pero al rato, Marisol decidió invitarlo a la mesa en donde ellas estaban sentadas. Era un hombre muy apuesto y para sorpresa de Keysa, encontró inadecuado el atrevimiento de su amiga, pero lo pasó por alto y le siguió la corriente.

Su subconsciente la transportó a aquella mesa, a contemplar aquella coqueta sonrisa y oler el varonil perfume. Mientras más hablaba el caballero, más le atraía. Pudo percibir el pulso descontrolado por los nervios que la trajeron como galopando al presente.

Keysa se paró bruscamente de la mesa, mientras le avisaba a Marisol que la búsqueda de esa tarde había terminado. La carrera, por ese día, había llegado a su final.

Otra tarde, otro intento, otra derrota.

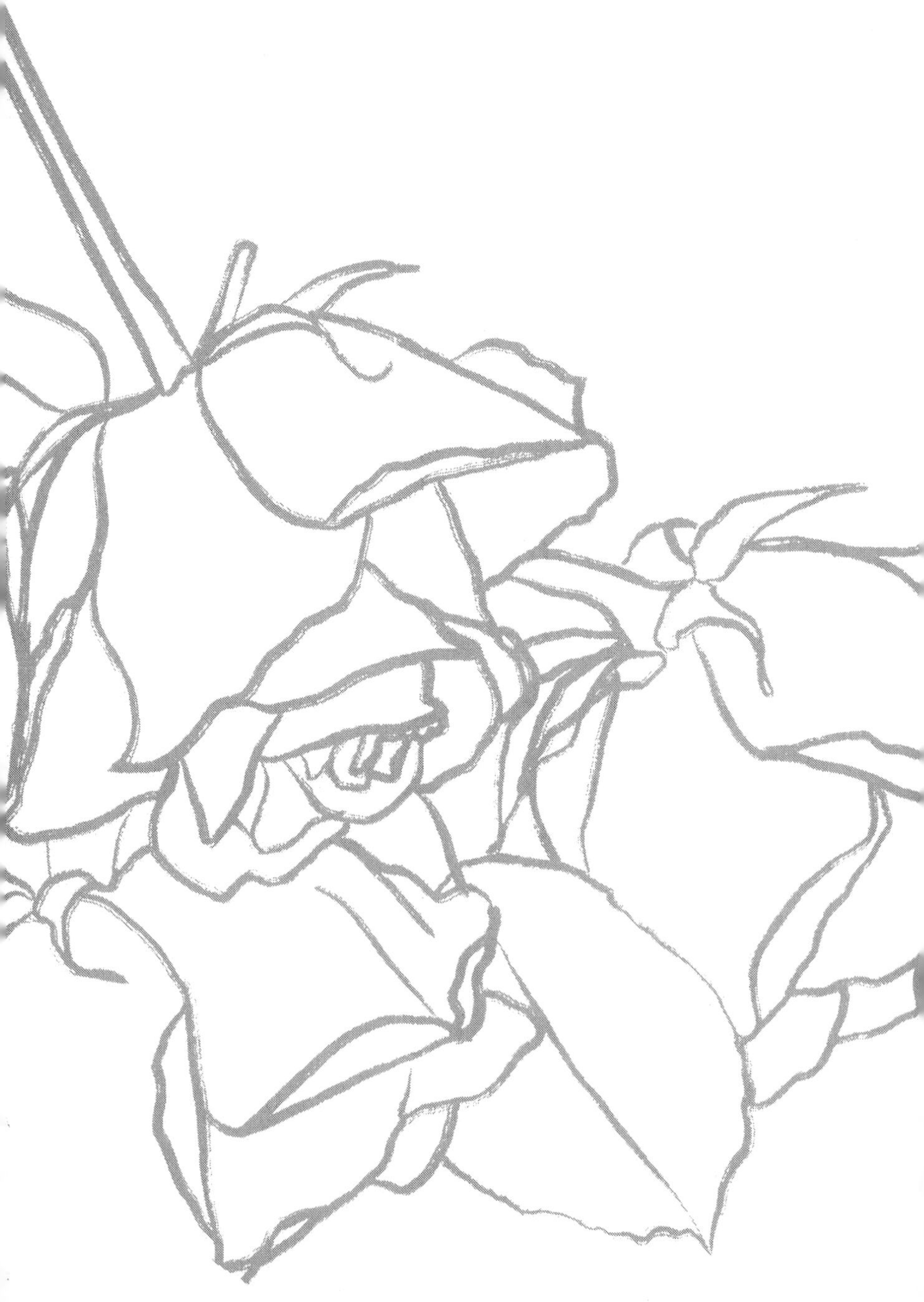

CAPÍTULO VII

Al día siguiente, Keysa se sentía pesimista. La tarde estaba lluviosa, nublada, como si fuera el reflejo de su ánimo.

Tan pronto Marisol llegó, pudo percibir el ambiente, pero inmediatamente le advirtió a su compañera de aventuras que ni el clima, ni su ánimo, las desviarían de la encomienda. De camino a la cafetería de turno y al percatarse de qué sitio se trataba, Keysa advirtió que no iba a entrar.

—Sabes que no piso ese lugar desde la muerte de Pablo. Era nuestro punto de encuentro y no estoy preparada para volver allí sin él.

Marisol aceptó, pero mientras entraban al siguiente local, volvió a sacar el tema de la tarde del evento en la universidad. Una vez más, la conversación fue molestamente evadida.

—Es que no entiendo por qué te molestas con solo sugerirte que hablemos al respecto. Te cambia el semblante y te bloqueas. ¡Pero tía, si soy yo! ¡Tu amiga!

—No recuerdo bien lo que pasó, ni me interesa. —respondió Keysa, incómoda, casi sin encontrar palabras para justificarse.

—¡¿Pero te estás escuchando?! ¡¿Ni me interesa?! Esa noche no llegaste al hotel, ni estuviste a tiempo para volar de regreso a Madrid, y luego, sin más, apareces una tarde en mi piso sin avisar, como si nada.

Keysa, como niña malcriada, imita sus gestos, se acomoda en la silla y de forma retante, le lanza la conocida mirada de «conmigo no, no te equivoques». Los ánimos rápidamente se calmaron, porque Marisol sabía que debía parar para evitar problemas. Así que, acostumbrada a una evasiva más, solo sonríe de forma sarcástica, cambiando radicalmente de tema.

—Me encanta cómo hablando nos entendemos... Entonces cuéntame, ¿cómo elegiste el diseño de tu escultura?

A Keysa se le iluminaron los ojos. El arte era un tema que le apasionaba.

—¡Cierto, no acabé de contarte! Pues como te decía, comencé por organizar mis sentimientos, rebuscando entre mi dolor, entendiendo que mi duda mayor era el amor de Dios. Una y otra vez cuestionaba: ¿por qué a Pablo? ¿Por qué a mí? ¿Por qué si tanto dices que nos amas? Tengo grabados en mi memoria tantos momentos juntos, los recreo en bucle en mi mente, como una adicta aferrada a mis recuerdos.

Uno de ellos fue cuando nos conocimos en la cafetería de la universidad. Él parecía turbado y le preguntó la hora a varias personas. Todavía, al día de hoy, no entiendo cuál era su intriga; quizás era una señal de Dios indicando que le quedaba poco tiempo de vida. Esa tarde almorzamos juntos en esa cafetería y desde ese momento, ambos sabíamos que éramos el uno para el otro.

Esa misma noche fue nuestra primera cita. Me buscó en mi apartamento con un ramo enorme con diferentes tipos de flores de distintos colores, explicándome que, como no quería fallar, prefirió llevar todas las flores posibles.

Marisol no pudo evitar interrumpir.

—Ese era mi Pablo. No se le pasaba ni una. Preparado para todo.

Llegó la noche y ellas continuaron recordando anécdotas y momentos con Pablo. Fue una jornada más sin encontrar al caballero ni a la rosa, pero no fue una tarde de derrota. Hacía tiempo que no la pasaban tan bien, necesitaban reír un rato y soltar la monotonía y el dolor. Esa tarde ambas salieron contentas de aquel lugar. No hubo quejas ni reproches, se les notaba más livianas y relajadas.

Marisol celebraba en su interior porque notaba un cambio positivo en su amiga. Definitivamente, valía la pena continuar con el plan.

CAPÍTULO VIII

Tal como acordaron, el dúo de amigas investigadoras se dispuso a entrar al resto de cafeterías del área para preguntar a los empleados si habían visto a algún cliente que estuviese frecuentando el lugar, cada tarde, con una rosa blanca. Antes de emprender la ruta, Marisol le advierte a Keysa sobre el local que se habían saltado.

—Ya que no deseas entrar en ese, yo entro y pregunto. Tú te puedes quedar acá afuera esperándome.

Mientras esperaba a su amiga, Keysa se recostó a la pared para no obstruir la acera. Pudo notar que en el cesto de basura había una rosa con un papel arrugado envolviendo su tallo, tal como estaba la anterior. Miró para todos lados, para ver si adivinaba quién la había dejado allí, quién podía ser el caballero que anhelaba conocer. Pero... ¿Cómo se distingue a un extraño?

El entusiasmo de Marisol al salir del café interrumpió sus pensamientos.

—¡¡¡Tíaaaaaaa!!! ¡No me lo vas a creer! ¡Aquí es! ¡Que lo hemos encontrado! Me han dicho que hay un hombre que cada día viene con una rosa blanca, se toma un café como si esperara a alguien, escribe algo en un papel y luego se va. A veces viene por la mañana y otras veces de tarde; no tiene horario fijo. La chica dice que es un caballero apuesto y muy amable, de cabello abundante, oscuro y ondulado, y que, además, se viste muy elegante. Ha dicho que hoy ya ha venido, pero que no debe estar en el área porque se fue hace como dos horas.

Keysa, sin decir palabra, solo le muestra la rosa y el papel a su amiga, quien la animó a saciar su curiosidad y leer la nota.

Para mi rosa:

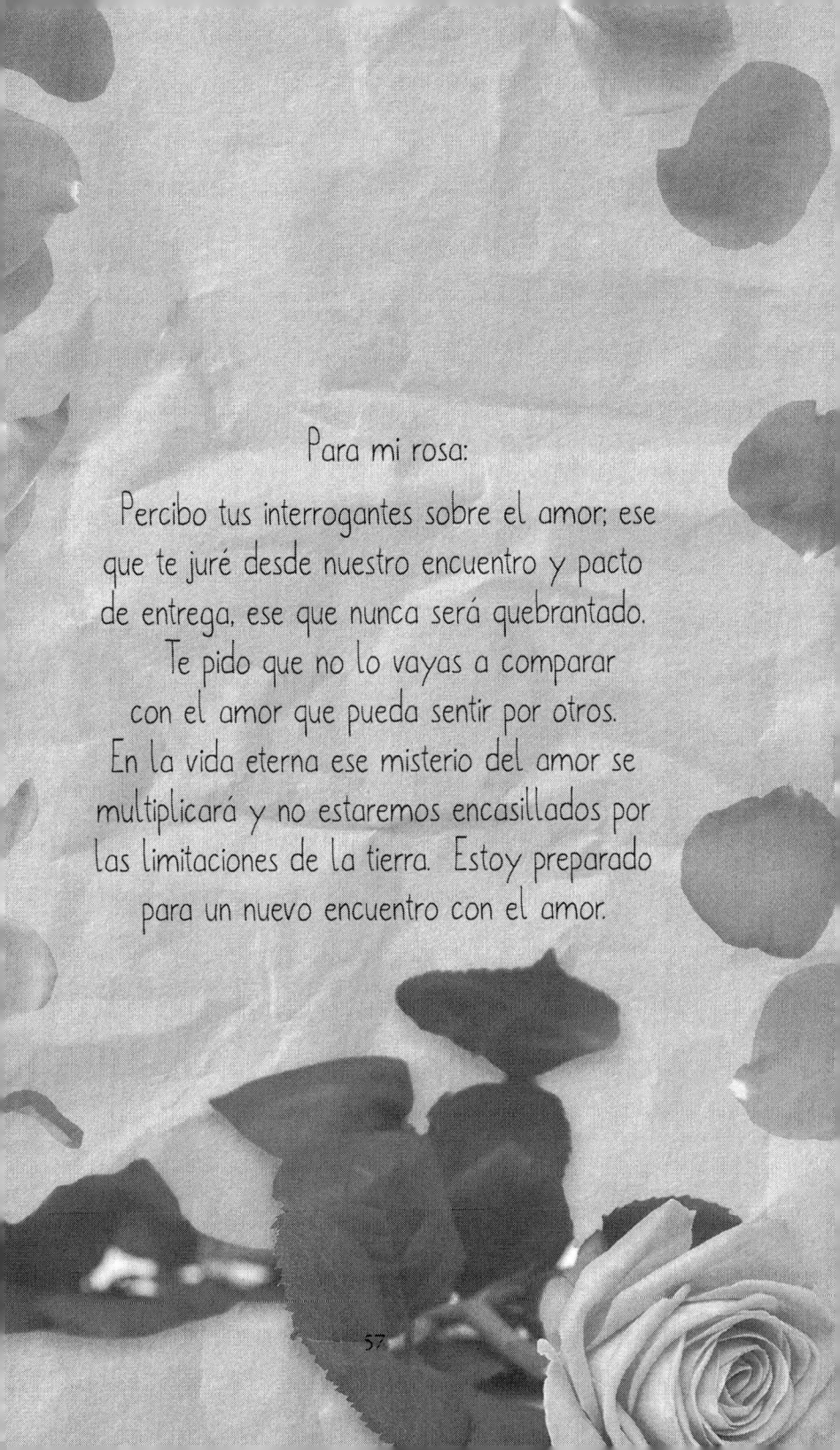

Percibo tus interrogantes sobre el amor; ese que te juré desde nuestro encuentro y pacto de entrega, ese que nunca será quebrantado. Te pido que no lo vayas a comparar con el amor que pueda sentir por otros. En la vida eterna ese misterio del amor se multiplicará y no estaremos encasillados por las limitaciones de la tierra. Estoy preparado para un nuevo encuentro con el amor.

El asombro y la emoción llegaron en partes iguales, y como era de esperarse, el plan para el día siguiente era visitar desde la mañana el establecimiento indicado. Si ese era el lugar y allí estaría el hombre de la rosa y las notas misteriosas, ellas debían encontrarlo.

Keysa se sentía tan feliz que decidió salir esa noche. Hacía mucho que no se tomaba el tiempo para darse cariño, arreglarse y maquillarse de forma especial. Decidió ponerse sus tacones favoritos y visitar uno de los restaurantes más elegantes y románticos del centro. Luego de haber pasado la tarde recordando sus primeras citas con Pablo, se sentía amada y acompañada.

El restaurante que eligió era uno muy particular, porque por su fachada aparentaba ser un local normal; pero, al entrar, transportaba a una cueva de más de cuatrocientos años, ambientada de una forma muy especial. Era el sitio perfecto para pasar desapercibida; esos ladrillos han escuchado tantas historias de amor, que la de ella pasaría sin llamar la atención.

Hacía mucho que no salía sola, así que al bajarse del taxi se inquietó al ver el tramo que debía recorrer hasta la entrada del restaurante, donde ya la anfitriona la esperaba sonriente. Le parecía una larga pasarela donde se sentiría como modelo en un desfile.

La bienvenida de la empleada sonó como un aplauso por lograr la valiente travesía. La amable joven le advirtió que el local estaba muy lleno y que solo admitían con reserva, pero como acto de consideración, le asignó una mesa que se acababa de desocupar y le pidió que se fuera allí y esperara mientras que el mesero terminaba de prepararla.

¡Keysa no podía creer lo que encontró sobre esa mesa! Había una rosa blanca y junto a ella una pequeña libreta. La curiosidad que la dominaba en los últimos días no le permitió ignorarla, y al abrirla descubrió que las páginas interiores tenían el mismo diseño de las hojas en las que se escribían las cartas. Sin perder el tiempo, tomó la libreta y se dirigió a la entrada. Le preguntó a la empleada sobre la persona que había desocupado la mesa y esta le dijo que era un hombre que se había dirigido hacia el norte.

Con toda la agilidad que le permitían sus piernas, salió rápidamente para ver si se topaba con algún hombre con la descripción recibida y casi corriendo, recorrió cuatro largas calles, con la esperanza de encontrarlo. Cuando ya llegaba a la esquina de la quinta calle, desaceleró su paso, permitiendo que la realidad aclarara la empañada ilusión, haciéndola entrar en razón.

No sabía ni a quién buscaba, analizaba inquieta a todo el que alcanzaba, y ya se había alejado bastante del restaurante. Cansada y desanimada, decidió llegar hasta el final de esa calle y regresar.

De camino al restaurante, la tristeza la acompañó solo unos pasos, porque la ilusión regresó a susurrarle que quizás el caballero regresaría al restaurante a buscar su libreta y lo mejor era esperarlo allá. El paso sencillo que caracteriza a la tristeza fue redoblado por su nueva amiga, y el camino se sintió ligeramente más corto.

Al entrar al local, la amable empleada nuevamente contestó sus preguntas, le avisó que el caballero no había regresado y que su mesa estaba lista. Keysa decidió olvidarse de todo un momento y dedicar ese tiempo para disfrutar la espera.

Hacía meses que no tenía una velada tan placentera. La comida estaba exquisita, como era de esperarse, y el ambiente era perfecto.

El pequeño espacio que le asignaron, era una especie de abertura en la pared como si fuera su propia cueva. Tenía la mesa suspendida, colgada de dos paredes y junto a ella, en ese diminuto rincón, un banco también suspendido de la pared. Un espacio compacto como para dos enamorados que aprecian la dicha de tener que estar muy apretados. Además, unas pocas enredaderas le daban al rincón, el encanto de la privacidad que ella deseaba.

La iluminación era ideal; las pocas velas encendidas eran suficientes para poder leer la libreta, pero escasas para que alguien viera sus lágrimas. Todo estaba a su favor. Se sentía en paz, tranquila, esperanzada... totalmente dichosa, mejor que si hubiese hecho un trato con el destino. Lo mejor de todo es que se sentía acompañada porque los escritos de la libreta parecían toda una conversación dirigida a ella, a la difunta.

La lectura empezó como un diario, en donde el misterioso caballero contaba detalles cotidianos de días aburridos. En muchas de esas páginas solo se leía: «*Aquí otra vez... extrañándote*»; pero las últimas ya eran un poco más interesantes. No tenían fecha, pero en el tono se notaba que el escritor ya había pasado la primera etapa del duelo.

Keysa pudo descubrir que ambos tenían mucho en común, pero lo primordial era el desconsuelo por la pérdida. Las frases cortas le decían más que los párrafos decorados con detalles que opacaban la cruda verdad del dolor; un lenguaje que entendía muy bien. Mientras menos palabras tuviera, más dolían. Eran como flechas que traspasaban el recuerdo de lo vivido, frases que podía hacer suyas, con las que podía traer sus propios recuerdos. Una de ellas:

Hoy desperté llorándote

Mientras más leía, más le intrigaba conocer a este caballero.

De vez en cuando se asomaba a la entrada. No deseaba que el dueño de aquel diario del dolor llegara y la sorprendiera leyendo detalles tan íntimos. En la libreta nombraba algunas actividades que practicaban rutinariamente, así que ya tenía una idea de otros lugares donde podía intentar coincidir. Uno de esos planes, o «escapadas», como lo nombraba él, le parecía mucho más atractivo que los demás, ya que estaba relacionado con el arte, una de las pasiones de Keysa.

Ayer volví a visitar el Museo del Prado. Una vez más me quedé por un largo rato contemplando la pintura «San Juan Evangelista en Patmos» por Fray Juan Bautista Maino.[4]

No deja de asombrarme tantas coincidencias con ese arte y el pintor. Leí los detalles y esa obra data de 1612 a 1614. Dicen que el pintor firmó un contrato para realizar varias obras para la iglesia conventual de San Pedro Martir, en Toledo (mira bien la fecha...) el ¡14 de febrero de 1612! El compromiso era que finalizaría en un plazo de ocho meses, pero él concluyó en diciembre de 1614. En ese tiempo, mientras creaba las obras, se hizo parte de la Orden de los Dominicos, en el propio convento, tras profesar su fe el 27 de julio de 1613.

Pienso que el pintor firmó contrato un 14 de febrero, sin darse cuenta de que, en esa fecha tan especial, lo que estaba firmando no era solo una orden de pinturas; era un contrato de amor. Dios lo transformó mientras iba pintando acerca de la historia de Jesús.

Otro detalle interesante lo encontré en el nombre. Esta obra que tanto me atrae es sobre San Juan, el discípulo amado, y «casualmente» el pintor también se llamaba Juan. No sé tú, pero yo no creo que sean coincidencias, creo que esto es un reflejo del gran sentido de humor de Dios y lo hermoso que trabaja. Él siempre está atento a los detalles que enamoran.

Después de leer semejantes descubrimientos detrás de una obra que ella también admiraba, y el carácter tan especial del autor de la nota, sus pensamientos nuevamente empezaron a volar.

Por un buen rato visualizó la dicha de volverse a enamorar, recordó los años de soltería en los que, en silencio, anhelaba un amor; y también, lo sola que se sentía cuando veía parejas compartir en restaurantes o eventos. No era prioridad para ella, pero de vez en cuando la visitaba ese deseo oculto de una vida que no había experimentado y que hoy extrañaba, porque sí había tenido la dicha de conocer el amor.

En ese momento, por fin, aceptó una realidad: ¡Extrañaba tener pareja! Ya no quería ir sola al mercado, ni estar sin alguien a quien contarle cada detalle de sus pensamientos, por más insignificantes que parecieran. Deseaba ver películas acompañada y tener con quién discutirlas, aunque se quedara dormida a la mitad. Definitivamente, estaba en busca de su rosa... estaba en busca del amor.

Así pasaron las horas, proyectando la dicha de tener una pareja idónea.

El tiempo la fue dejando y el caballero nunca regresó al restaurante. Keysa no pudo aguantar los deseos de contarle a su amiga sobre todo lo que había leído en esta libreta, así que decidió visitarla a esa hora. Marisol estaba sorprendida.

—No sé que me flipa más: que hayas salido sola, que hayas encontrado esa libreta, o que te hayas atrevido a venir a esta hora. ¿Qué le ha pasado a mi amiga, la prudente, que no se atrevía a incomodar o ser inoportuna? ¿Has visto la hora que es? ¿Y tú... atreviéndote a leer un libro ajeno? Chiquilla, no sé qué te ha dado... pero ¡me encanta! Al fin veo los frutos de mi arduo trabajo de tantos años —entre risas nada discretas y sin importar la hora, gritó—: ¡La semilla está germinando!

Keysa aparentaba indignarse por el comentario, pero no podía disimular los deseos de reírse de las ocurrencias de su amiga.

—No estoy siendo inoportuna. Esto es importante... además, tú siempre te acuestas tarde. Así que calla ya y déjame seguir que no te he contado todo. Lee esta parte.

Fuiste lo mejor en mi vida. Quizás solo viniste a mejorar la persona que era y Dios concedió que me ayudaras. Fue tanto lo que hiciste que te ganaste el cielo. Lograste tu encomienda demasiado rápido.

En cambio, yo no siempre dije la verdad... es más, te confieso que te mentí en algo: te dije que también tenía TOC[5] al igual que tú, pero no era cierto; solo fingía para tu comodidad. Pero, mira por dónde... ¡hasta me ayudaste en ese aspecto! Ahora ya no dejo todo tirado por ahí y sigo manteniendo las cosas muy organizadas como a ti te gustaba. Creo que hasta ordeno mejor que tú =). Bueno... no tanto... pero ahora no solo organizo todo con las etiquetas hacia el frente y por tamaños, sino también por colores.

Marisol quedó impactada por lo que leía... y porque su amiga hubiese sido capaz de llevarse la libreta.

—Por este hombre sí que vale la pena que sigamos buscando. ¡Eso es amor! Es un mentiroso y manipulador, pero enamorado... ¡Ah! También es organizado y por lo que nos dijeron se viste muy bien. ¡Sí, señor! ¡Vamos! Que este hombre lo tiene todo. Por cierto... ¡Te trajiste la libreta! ¡Estoy flipando!

Keysa aplaude y se ríe, un tanto avergonzada por su «travesura».

—Bueno, ya... olvida el detalle del pequeño delito... Lo que quería que vieras es que yo también tengo TOC.

—Corrección, querida amiga: PABLO lo tenía, a ti solo se te pegó la manía.

—Da igual, el punto es que ya el romántico de la rosa tiene experiencia con esa condición... así que me podrá aguantar.

Ninguna de las dos podía parar de reír y ambas celebraban como si se hubiesen ganado una imposible lotería. Acordaron reunirse temprano en la cafetería y luego ir al museo a continuar con la investigación, ya que, por las notas de la libreta, dedujeron que era su rutina. Marisol, por supuesto, no podía dejar de darle a su amiga sus tips de belleza.

—Mañana debes verte radiante porque presiento que será el gran día del encuentro. Esta noche hazte toda tu rutina de *skincare*[6] y escoge el mejor *outfit*[7]. Necesitas estar divina y superbién combinada. Ahora pienso como tú, que todo esto es Dios y es parte de su plan.

Esa noche, Keysa soñó con el hombre del bar. Qué ironía que la misma tarde en que inauguraron la fuente en honor a su amor fallecido, conoció a ese hombre que de vez en cuando invadía sus sueños y pensamientos.

El sueño comenzó placentero y romántico, lleno de miradas coquetas y hasta llegó a entrelazarlo con la realidad de esa semana. Le preguntó si le había llevado su rosa y él, con sus carnosos labios, le lanza una sonrisa, de esas que aceleran los sentidos, para luego acercarse a su oído a susurrarle que tenga cuidado con las espinas.

De repente, el hermoso sueño se transforma drásticamente en una pesadilla, cuando él la agarra fuertemente y le lame la mejilla de forma vulgar.

Despertó de golpe con el cuerpo bañado en sudor, y la mente bañada en una mezcla de nervios, emoción e incertidumbre ante la nueva historia que, quizás, estaba a punto de empezar.

CAPÍTULO IX

Esa mañana, Keysa decidió vestirse con la misma ropa que usó en su primera cita con Pablo. Lucía hermosa, con una falda por debajo de las rodillas, con ajuste alto en la cintura y estilo volado que hacía resaltar sus caderas. Todo aquello perfectamente combinado con una camisa ajustada que llevaba por dentro de la falda, un cinturón fino de color blanco y plata, y unos botines de tacón alto que la hacían verse todavía más alta y estilizada.

Tal como acordaron, Marisol cubriría la cafetería y ella el museo. Ambas irían muy temprano, para ser las primeras en estar en la puerta en cuanto abrieran ambos lugares y así cubrir todas las posibilidades.

Los ánimos estaban tan candentes como el sol. Sus rostros brillaban de tanto positivismo y entusiasmo. Keysa disfrutaba de unas tostadas en la entrada del museo, mientras aún intentaba descifrar su sueño o pesadilla. Se preguntaba si era alguna señal de que no estaba preparada para confiar en alguien o si simplemente era un reflejo de sus miedos. ¿De veras deseaba comenzar alguna relación? ¿Habría sanado lo suficiente? ¿Estaría igual de preparada que ese caballero?

Como de costumbre, evadía sus pensamientos y solo deseaba pasar por alto cualquier idea. Decidió continuar positiva.

Tan pronto abrieron las puertas, solicitó asistencia para no perder tiempo e ir directo a la pieza que buscaba. Hizo tal como describía la libreta: se sentó en un banco para contemplar la pintura, y desde allí observarla y estudiarla con detenimiento. La conexión fue muy profunda, como si intentara provocar que el cuadro le contara el misterio del hombre de la rosa. Como era de esperarse, no escuchaba nada, pero algo sentía su alma. La agitaba una mezcla de serenidad y adrenalina.

La obra provocaba paz al mostrar la escena de san Juan, el discípulo amado, admirando el cielo. Este, aunque está sentado sobre una roca, aparenta estar cómodo. Se ve joven y tranquilo. Está a la orilla de un cuerpo de agua, que se muestra tan calmado como el semblante del evangelista.

El libro que está escribiendo ya va casi por la mitad y su mirada está fija al cielo, como si estuviera escuchando a alguien que solo él puede ver. Los historiadores bíblicos dicen que fue en la isla de Patmos donde Juan escribió el Apocalipsis, así que la escena aparenta reflejar el momento en el que le estaban dictando dicho libro. Aun así, su rostro no muestra horror ni juicio; solo está escuchando órdenes como un discípulo devoto.

Keysa decidió abrir la libreta y leer sobre una de las visitas al museo.

Hoy me levanté con dolor de garganta. Sé que soñé contigo, así que imagino que debe ser que lloré demasiado. Estoy aquí, en el museo, frente a la obra de san Juan. Llevo un buen rato contemplando su rostro. ¡Qué ironía que la paz que refleja, me perturba!

¿Sabías que es conocido como «el discípulo amado»? El detalle es que solo él se llamaba así. En el evangelio que escribió, no utilizó su nombre, sino que se refería a sí mismo de ese modo: «el discípulo amado». Cuando me lo dijeron, pensé que aquello era un hermoso detalle de una persona valiente, decidida y segura de sí. Así lo veo en esta obra: tranquilo, confiado, con su mirada hacia el cielo, hacia Dios. Su mirada está fija en Él, sin importarle que yo lo esté mirando, o lo que yo o nadie más opine. Él ni parpadea, está fijo y confiado.

Quisiera tener esa certeza del amor de Dios. No es tan fácil cuando creces en un mundo tan competitivo. Entiendo que Dios nos ama a todos, pero en ocasiones es difícil asimilar que ese amor general es tan grande y a la vez tan exclusivo para cada uno en particular.

Keysa decidió pararse y acercarse para estudiar el rostro de san Juan.

Mientras coincidía con lo leído, anhelaba de igual manera poder entender ese misterio. Ella creció conociendo del amor de Dios; se sentía amada, pero no a tal nivel como para declararse tan especial. Sabía que decirlo no significaba que era la favorita o que ella era más amada que los demás; pero por alguna razón, aunque no lo dijera, así lo sentía. Como si Dios no tuviese tanto amor exclusivo, como para ella poderse llamar «su niña amada».

Como artista que es, pasó de la profundidad del significado a lo excelente de la pintura. Se fijó en la técnica de la obra, la textura, el trabajo. Le pareció curioso que el artista se hiciera parte de una orden mientras trabajaba en algunas obras; quizás fue mientras pintaba esta, en específico.

Pensó entonces en lo curioso que era que eso mismo es lo que deseaba su madre para ella, que mientras esculpía la obra para la fuente, se acercara más a Dios.

Ella intentaba imaginarse al pintor hablándole a Jesús mientras contemplaba su vida. Se lo imaginaba orando entre lienzos y pinceles, quizás frente a esta misma pintura, arrodillado en un piso frío y áspero de algún almacén, llorando por tanto amor.

Así fue como ella trabajó su obra. Cada mañana se arrodillaba y le pedía a Dios que la acompañara en el proceso. Al principio se percató de que llevaba años sin orar tanto y que solo se había estancado entre temporadas de súplicas o de agradecimientos. Se dio cuenta de lo distante que estaba del que, de pequeña, llamaba su primer y eterno amor. Ya había olvidado el fervor que sentía cuando le hablaba y se lo imaginaba sentado al lado de ella. Todas las noches, luego de orar, abrazaba la almohada muy fuerte, como si estuviera abrazando a Jesús.

En aquel momento se dio cuenta de que debía comenzar desde lo básico, como cuando te alejas de un amigo y luego se reencuentran. Así pensó que sería, pero se equivocaba; Dios sabía todo sobre ella, siempre estuvo a su lado, aunque ella no comprendiera el misterio de su existencia. Comenzó a pensar cómo Jesús la observaba mientras ella disfrutaba su vida, ignorándolo día a día. Él le daba todo y ella inconscientemente actuaba como si su labor fuera solo disfrutar de todo eso. En ocasiones hacía una oración sencilla y rutinaria, y luego seguía con lo «primordial» de su vida.

Pasaban los días y ella no lograba decidir qué esculpir; no encontraba su musa. Obligada por el contrato, todas las mañanas lo intentaba y se reunía con Jesús. Provocando el encuentro, primero escuchaba música de alabanza en un tono bajo, leía una porción de la Biblia y comenzaba a hablarle a Dios sobre la lectura. De ese tema, siempre surgen raíces para otros, pero casi siempre terminaban floreciendo las lágrimas entre reclamos por la pérdida de Pablo. Reclamaba por la relación tan cercana entre su mirada y su memoria, que le presentaban tan real la imagen de sus recuerdos. Se repetía para sí misma: «Lo que antes era un privilegio hoy es una tortura, pero no la reniego, porque en el futuro puede que sea mi consuelo».

Con el pasar de los días, el llanto fue menguando. Hasta ella misma se cansó de escuchar los mismos interrogantes. La rutina fue cambiando y muchas mañanas fueron de silencio, pero no un silencio de soledad, sino de consuelo.

Poco a poco, Keysa fue recreando los momentos espirituales de su niñez y volvió a experimentar la dicha que se siente cuando la gracia de Dios te visita. Las mañanas de silencio fueron transformándose en sus favoritas.

Tardó varias semanas, pero pudo ordenar sus ideas para finalmente decidir lo que esculpiría.

Lo primero que pensó es que obviamente debía ser algo que le recordara a Pablo, ya que era una obra en su memoria. Así que, al repetir su habitual frase: «Dios me lo dio y Dios me lo quitó», concluyó que si Pablo le pertenecía a Él, entonces no podía reprocharle.

Esto la llevó a la segunda idea: debía ser una escultura de Jesús, el dueño de Pablo.

El tercer pensamiento que llegó a su mente, analizando la relación entre Jesús y Pablo, y la de ella con ambos, fue que, aunque Pablo había sido su primer amor en la tierra; Jesús había sido su primer y verdadero amor.

Fue así cómo encontró su musa, su idea inicial. Tenía claro que la obra sería de Jesús, pero le faltaba decidir la forma en que lo haría. Pasaba horas sentada, mirando el televisor apagado, mientras su mente le presentaba diferentes ideas; unas buenas, otras medio buenas, y otras malas, malas, como aquella de Jesús practicando el deporte favorito de Pablo: el *surf*.

Una tarde, su mirada dejó el televisor y se enfocó en la rosa blanca preservada que tenía en la sala.

Hacía tanto tiempo que no la contemplaba.

Pudo observar con claridad todos sus detalles, de veras que era hermosa. Lo que llamó su atención es que ahora verla no le provocaba llanto.

En un momento de calma se acercó a ella y comenzó a hablarle, como si la solitaria rosa pudiera escucharla.

—Entre cientos de rosas que había en mi sala, qué dichosa eres porque te elegí a ti.

Esas palabras empezaron a arder en su pecho, como si Jesús mismo se las estuviera repitiendo a ella.

De repente, la inspiración llegó y comenzó a esculpir la imagen de Jesús, en cuclillas, entre cientos de rosas, escogiendo solo a una. En la base de la obra decía: «Entre tantas, me elegiste a mí».

Eso resumía todo lo que Keysa sentía esa tarde:

Jesús había elegido llevarse a Pablo. Fue una buena elección, era un gran hombre. También sentía la dicha de que Él permitiera que, entre tantas mujeres, Pablo la hubiese elegido a ella.

Su recuerdo fue interrumpido por otro muy distinto y nada agradable. Recordó haber estado llorando la noche de la inauguración. En su memoria pudo verse acostada en el césped, mirando la escultura y leyendo la frase entre llantos. Decidió bloquear esa imagen y regresar a su realidad.

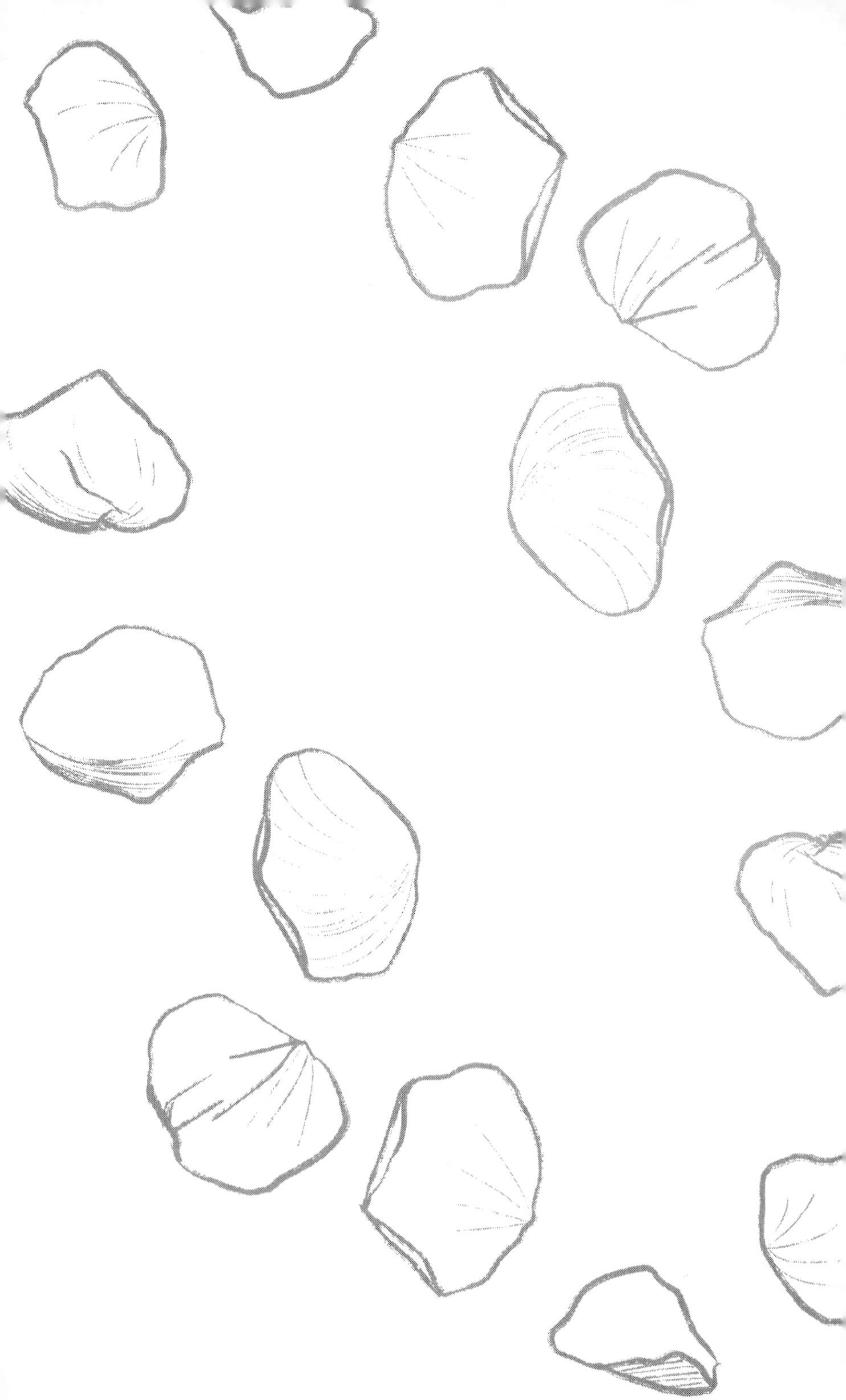

CAPÍTULO X

Mientras Keysa contemplaba el rostro de san Juan Evangelista en la pintura, recordaba cómo ella había decidido esculpir el rostro de Jesús. Debía ser un rostro lleno de amor, con una leve sonrisa, celebrando haber encontrado a esa rosa entre tantas.

Decidió regresar al banco, envuelta en recuerdos, y mientras lo hacía, notó algo pequeño y blanco debajo de este. Al acercarse se percató de que era un pétalo blanco. ¡No lo podía creer! ¡Otra vez llegaba tarde! Aparentemente, el caballero misterioso ya había estado en ese lugar.

Un poco desanimada decide buscar alternativas y se acerca a un guardia del museo para mostrarle el pétalo y preguntarle si había visto a algún caballero con una rosa blanca. Su respuesta la desanimó aún más:

—Señorita, hoy es el día de los enamorados. Es normal encontrar a algún hombre con rosas, pero yo no me he estado fijando en eso.

Keysa miró el pétalo blanco que aún llevaba en su mano. Se sintió un poco mareada, recordando nuevamente la escena de ella tirada en el césped frente a las rosas que decoraban la fuente, pero también recordó cuando observó, entre las rosas, la frase «Entre tantas, me elegiste a mí».

Decidió regresar al café en donde estaba Marisol y la encontró afuera, esperándola. Con muy poco ánimo, Keysa le anuncia a su amiga:

—Una vez más no llegué a tiempo. Me distraje viendo las pinturas, inmersa en mis pensamientos y solo pude encontrar un pétalo debajo del banco en donde estuve mucho tiempo sentada. No supe si estuvo ahí en ese momento, si estuvo a mi lado y no lo noté, no sé si salió justo antes que yo. Además, hoy es día de los enamorados y no podré distinguirlo entre tantos hombres que llevan rosas a su amada.

Marisol solo la observaba, dándole espacio para que se desahogara.

—El tiempo es relativo. Depende de cómo lo midas.

Keysa, indignada, esperaba que su amiga se uniera a su protesta.

—¿No me has escuchado? Yo creí que al fin lo encontraría y no pasó... y creo que ni siquiera va a pasar.

Marisol intentó calmarla.

—Ya te escuché, ahora escúchate tú. Estás demasiado alterada. Esto comenzó como una aventura y yo te he animado a seguirla, pero no lo conviertas en una obsesión. Siento que algo más te inquieta y creo que ya estás preparada para hablar de la tarde de la inauguración de la fuente.

—¿Pero a qué viene eso ahora? ¿Por qué sigues con ese tema? Casi ni recuerdo lo que pasó. He estado teniendo pesadillas al respecto, pero no tengo nada claro.

Su amiga la tomó por ambas manos.

—No lo tienes claro porque no lo has querido. Estoy aquí para ayudarte a aclarar tus dudas, pero me has evitado. A ver, recordemos desde el principio:

»Comenzamos la tarde brindando por Pablo, fui irresponsable porque sé que no bebes y te animé a hacerlo. Luego me dejé llevar porque la estábamos pasando muy bien con aquel tío tan interesante. Nos siguió pagando las cervezas y mostrándonos fotos de su perro. Nos contó acerca de su despacho de abogados y sobre algunos casos interesantes. El tiempo voló mientras nos divertíamos. Tú no bebiste casi nada, así que todo estaba bajo control. Te veías tan relajada y distraída: y yo estaba feliz por ti.

»Yo me tenía que ir al aeropuerto porque mi vuelo era antes que el tuyo. Él se ofreció a acompañarte después, porque también volaba esa tarde. Nos intercambiamos números telefónicos y hasta ahí todo normal. Me pareció que sería un nuevo amigo que posiblemente cambiaría tu dolor en alegría. Lucían como una linda pareja y parecía que la pasaban bien.

»De camino al aeropuerto me comencé a sentir un poco perturbada y mareada. Supe que algo no andaba bien, porque yo sí acostumbro beber y ese mareo no era normal. Deduje que algo nos habían echado en las cervezas, así que le pedí al taxista que regresara, pero tú ya no estabas ahí. En ese momento supe que algo muy malo había pasado. Por eso necesito que recuerdes.

Keysa no podía evitar traer los recuerdos al presente. Confundida, intenta evadir la respuesta.

—Quizás por eso es que no recuerdo bien lo que pasó.

Entregándole un papel a Keysa, su amiga le pregunta.

—¿Recuerdas esto?

Keysa lo toma y se asombra al ver que era algo que ella le escribió a Marisol, antes que se fuera del bar. La nota decía:

«Gracias por estar en mi vida. Te amo, mi hermana de ketchup[8]».

Tiempo atrás, cuando apenas eran unas jovencitas, habían hecho un pacto de hermandad. Marisol deseaba que se pincharan un dedo, pero Keysa resolvió con un sobrecito de *ketchup*, justificando que lo importante era el gesto, el amor y el pacto. Su elocuente exposición convenció a Marisol y así lo hicieron.

Esa tarde, antes que Marisol se fuera del bar, Keysa se sentía viva. Luego de tantos meses de llanto, habían compartido una tarde divertida. Encontró prudente no hacer una escena frente a su nuevo amigo, así que sacó una libreta de su cartera y le escribió aquella nota.

Al ver que Keysa apenas reaccionaba, Marisol insiste.

—¿La miraste bien? Vamos, obsérvala.

Keysa se sorprendió al percatarse de que era el mismo papel de las cartas, las mismas hojas de la libreta del caballero. Sus ojos se llenaron de lágrimas y empezó a mirar alrededor como si buscara algo o alguien.

—No sé cómo explicarte lo confundida que estoy.

—No le des más vueltas... Estoy segura de que ya sabes lo que ha pasado. ¿Qué buscas? Por estar tras una nueva vida, se te acaba esta. Por averiguar la vida de ese supuesto hombre, te pierdes de vivir la tuya. ¡Despierta! ¿Qué estás buscando?

Esas palabras trajeron consuelo en el corazón de Keysa, porque recordó el encuentro de Jesús con sus primeros discípulos, cuando les preguntó: «*¿Qué están buscando?*»[9]

Siempre le pareció muy curioso que eso fuera lo primero que les dijera. Estaba convencida de que Jesús sabía que era muy importante la respuesta a esa pregunta. En ese momento su corazón supo que todos andamos buscando algo, y que el Padre está dispuesto a acompañarnos para que lo encontremos cuando deseemos verlo.

Ella comenzó a disimular y a buscar su bolso.

—Quiero llamar a mi madre, hace días que no me llama. ¿Dónde están mi móvil y mi bolso?

Marisol se queda tranquila porque sabe lo que pasa; sabe que ella lleva días sin bolso ni móvil. Así como cuando alguien despierta de un sueño profundo, y desubicado mira a su alrededor buscando algo familiar, para luego tranquilizarse al saber que está en la seguridad de su casa; así le pasaba a Keysa. Todo lo que le parecía extraño estaba alineándose a la lógica de la realidad.

Abrió la libreta como buscando respuestas. Cada vez se le hacía más familiar. Marisol le preguntó.

—¿Recuerdas dónde te propuso matrimonio Pablo?

En ese momento pudo recordar muchos detalles adicionales y le contestó con seguridad.

—En el Museo del Prado, frente a la obra que estuve observando hoy. Me dijo que ya teníamos el amor de Dios, y que éramos afortunados al habernos encontrado.

Entonces Keysa cayó en cuenta que lo que estaba escrito en esa libreta llevaba su letra. Que fue ella quien escribió cada nota, en las tardes en las que recordaba ese momento, el más feliz que había vivido con Pablo. Esa tarde, su familia y sus amistades estaban escondidos en una sala adjunta y salieron cuando él se arrodilló con su anillo. Recuerda la alegría de su madre aquella tarde.

Keysa volvió a insistir en que quería hablar con su madre. Decía que no era normal que no hubieran hablado, porque acostumbraban a hacerlo cada día.

—Necesito llamar a mi madre... lo necesito... Debo saber cómo está... ¡Necesito hablar con mi madre!

—Estamos cuidando de ella. No te preocupes.

Todo empezó a tener sentido, comenzaba a comprenderlo todo. Pero, mientras más aclaraba su memoria, más inquieta se sentía. Le comenzó a faltar el aire y se arrodilló mientras perdía fuerzas. Su ser se sentía en descontrol, como si su alma deseara escapar y abandonarla. Era un sentimiento parecido al que vivía en sus pesadillas mientras se arrastraba a la fuente.

Esa indeseada visión la acechaba con más claridad.

Marisol no se inmutaba y solo le daba espacio.

—Creo que ya estás preparada y debemos entrar a esta cafetería; a la que siempre, en realidad, deseabas entrar.

Sacando las cartas, Keysa le expresa.

—No, no quiero. Ya no me interesa conocer a ningún hombre y mucho menos en el lugar que frecuentaba con Pablo.

Marisol sonrió tiernamente.

—Me alegro de que olvidemos el tema del hombre misterioso, porque nunca se trató de eso.

Keysa, sorprendida con una nueva idea, le dice:

—¿Entonces esas cartas eran de Pablo? ¿Él es el que está esperándome?

Mientras la abraza, le aclara:

—Las dos cartas fueron de tu primer y verdadero amor, eran de Jesús. Él estuvo a tu lado en todo momento. Todo lo demás fueron las notas que escribiste durante tu duelo, y que Él cambió como si fueran del personaje extraño que decidiste inventar. Él sabía que en ocasiones necesitamos enamorarnos de nosotros mismos para poder sentirnos dignos de ser amados.

Keysa volvió a leer las dos cartas de Jesús y entendió que utilizó la rosa blanca como símbolo de su purificación. Marisol continúa hablándole.

—Mi niña creativa. Los artistas viven con mayor intensidad los sentimientos para poder convertirlos en el arte que transporte esa esencia.

La incertidumbre invade a Keysa, quien le pide explicaciones por dicho comentario:

—Estás actuando extraño. ¿Desde cuándo me dices «mi niña»? ¿Qué pasó con tu acento andaluz?

Un corto silencio hizo resaltar las miradas entre ambas, antes de que Marisol interrumpiera la silenciosa comunicación.

—¿De veras sigues creyendo que soy Marisol?

De los ojos de Keysa brotaron algunas lágrimas, mientras tomaba coraje para afrontar la realidad.

—No. Creo saber quién eres y por qué estás aquí. —con voz quebrantada, le dice— Eres... eres.... mi ángel guardián... y yo... estoy muerta. Aquella tarde en la cafetería, cuando tú te fuiste... bueno, cuando se fue Marisol, la de verdad, yo me quedé con aquel hombre que parecía tan galante. No sé cómo ni por qué accedí a irme con él cerca al jardín, justo al lado de la fuente.

»Mis recuerdos no son claros, no estaba muy consciente ni tenía control de mí; pero vagamente recuerdo que, de repente, todo se salió de control. Ese hombre quiso propasarse conmigo, forcejeamos y la galantería se tornó en violencia. Él me agredió hasta dejarme moribunda en el suelo, y huyó.

Casi sin fuerzas, me arrastré hacia aquel jardín, y lo vi a Él, vi a Jesús eligiéndome, pero me resistía a marchar...

Ambas se tomaron de las manos, mientras su ángel le facilita el proceso, manteniendo la imagen de Marisol.

—Te he dado tu tiempo, pero ¡qué creatividad la tuya! La mayoría solo sigue la luz, pero tú necesitabas estar segura del amor de Jesús y recreaste todo este drama. Te conozco muy bien, así que no me sorprende; solo intenté imitar lo mejor posible a tu amiga y seguirte la corriente.

»¡Tú siempre tan analítica! Desde el principio supe que en tu momento tendrías muchas interrogantes. Imaginé que me harías una entrevista exhaustiva, pero pienso que esto estuvo mejor. Cada vez que intentaba que reconocieras que habías muerto, tú preferías analizar si eras merecedora del amor de Dios.

Keysa abraza su realidad y sucumbe en llanto.

—¿Estaré ofendiendo a Dios con mi inseguridad? ¿Perderé la salvación por mi ignorancia?

Su ángel le susurra.

—No puedes perder lo que te pertenece. Creo que ya estás preparada. Vamos, entremos, pero antes contestaré a la pregunta de qué es lo que buscas. Buscas el amor, el verdadero amor. No tengas miedo ni te distraigas con el amor terrenal, porque ya no eres parte de este lugar.

La puerta de la cafetería se abrió.

—Llegó tu momento. El tema del amor es muy complejo y para una mente humana y finita es un misterio entender que Dios nos ame tanto a todos. La salvación es una muestra de amor demasiado personal, por eso no se puede comparar el amor que Dios te tiene a ti con el que le puede tener al prójimo. No está mal sentirte tan amada; lo mereces. Te sientes especial y lo eres. No le estás robando el amor que se supone compartas con el prójimo, porque su amor es infinito. Su amor es algo tan sencillo que aparenta ser complejo.

Cuando Keysa entró, todo se tornó oscuro. Su cuerpo fue invadido por el frío y el miedo. Se encontró de nuevo tirada en el césped, ensangrentada, arrastrándose entre la oscuridad de la noche hacia la estatua de Jesús.

Entonces deja de luchar, se rinde y contempla las rosas y la frase: «Entre tantas, me elegiste a mí».

En ese momento se gira para mirar el cielo estrellado y comienza a ver las estrellas caer, como una lluvia luminosa que al llegar se transformaba en pétalos de rosas blancas. El frío, cada vez más intenso, la fue congelando hasta dejarla inmóvil, como un cadáver.

De repente, una luz brillante brotó de la fuente hacia ella y fue calentando su alma poco a poco. Esa luz con la que comenzó todo, la luz de las pesadillas en las que perdía el aliento. Recordó el semblante de paz de la pintura de san Juan en Patmos. Esa era la paz que sentía en ese instante. A él le mostraban las visiones escandalizantes del Apocalipsis y seguía en paz y confianza. Así de confiada se sentía Keysa. Estaba muriendo, pero estaba cubierta por el amor y la confianza en el Padre.

Jesús bajó desde la fuente, aun con la rosa en la mano.

—Si de cien ovejas pierdo una, voy tras esa. —señalando la frase de la fuente— Así es, mi niña, te elegí a ti y vengo a ti.

Cada palabra palpitaba fuertemente en el espíritu de Keysa. Cada palabra era un latido que penetraba su conciencia, transformándose en gritos de alegría y lágrimas de puro amor. Ella recordaba las cartas que Jesús le había enviado para guiarla en su proceso. En esas cartas que le compartía que estaba esperando su encuentro con ella. Tanto amor por ella. Tantos detalles con ella.

—Entre escombros de malos recuerdos, montes de incertidumbre, mi niña, ahí estabas, perdida entre ramas de dolor. Tengo el poder para sacarte de donde sea que te pierdas. El buen pastor solo necesita que su oveja lo llame y Él la busca —Jesús se baja, la toma entre sus brazos—. Me llamaste y ya te tengo. ¡Vamos a casa!

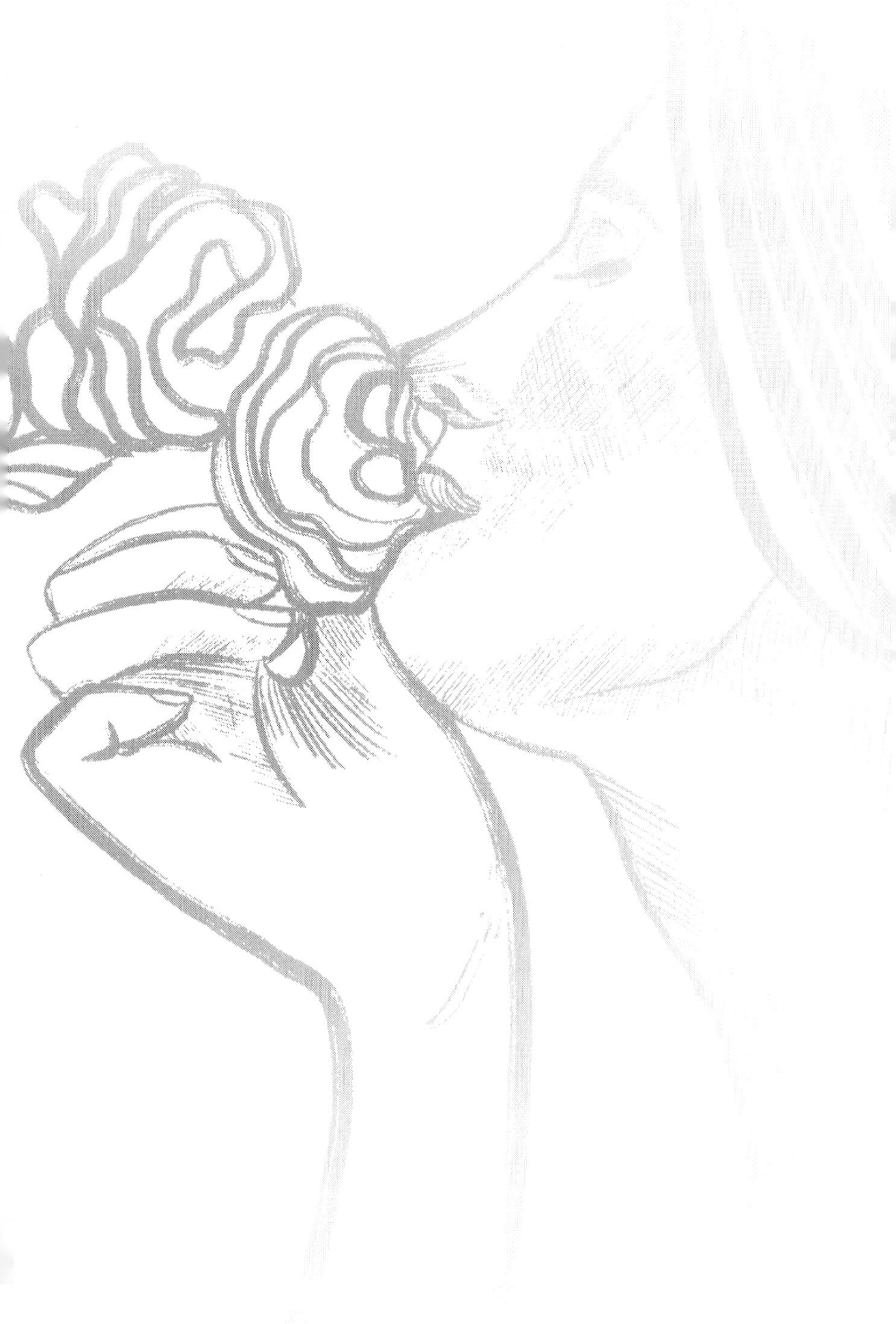

EPÍLOGO

Si Jesús te preguntara hoy: ¿qué estás buscando? ¿Cuál sería tu respuesta? Quizás, como la mayoría, crees que buscas el amor, la seguridad y la compañía; pero en realidad, lo que el alma esconde tras esa búsqueda, es el anhelo de encontrar el verdadero amor del Padre.

Si tienes la dicha de ser de las personas que disfrutan del amor de Dios, gózalo. Vive como el discípulo amado que no titubeaba y grita a los cuatro vientos las bendiciones del Padre y su amor.

Pero si aún no lo conoces, es tiempo de encontrarte con Él, porque sus cartas de amor están escritas y esperando por ti.

Imagino a Jesús entre nosotros, entregando bendiciones a nuestras vidas, como rosas en nuestros caminos. Es tiempo de construir una hermosa relación con Él, amándote y amándole. Busca su amor, busca tu rosa.

Rebecca
SEPÚLVEDA

SOBRE LA AUTORA

Rebecca Sepúlveda es una autora puertorriqueña que emplea el realismo mágico, con base cristiana, para llevar un mensaje de fe y transformar vidas con cada historia.

Estudió en la prestigiosa Universidad del Sagrado Corazón de Puerto Rico, donde obtuvo un grado de Bachiller en Arte. Movida por su pasión literaria, también cursó estudios avanzados y de educación continua, de talleres literarios y de escritura, en su Alma Mater.

Otras de sus obras son: «Antonio y otros ángeles», «The Last Fallen» y «La Mujer Perfecta», con los que dio inicio a una serie de cuentos de ficción, con profundos mensajes de superación, entre los que también se encuentran, «Moviendo cielo y tierra: Una historia para renacer» y «Dos almas, una vida».

Rebecca también ha desarrollado su faceta como conferencista, brindando charlas de transformación.

En la actualidad reside en Florida Central, USA, desde donde se prepara para desarrollar algunos proyectos sociales y evangelísticos en su natal Puerto Rico y en cualquier lugar a donde su mensaje, expresado a través de la fantasía y las letras, pueda llegar.

Para más información, visita:
www.rebeccasepulveda.com
Facebook: @BKSepu
Twitter: @BKSepu
Instagram: @rebesepulveda
Email: autora@rebeccasepulveda.com

NOTAS

1. *Hoodie*: En español, sudadera o chaqueta con capucha.
2. Ligón: En España, persona que tiene facilidad para entablar relaciones amorosas.
3. Empollón/empollona: En España, adjetivo coloquial despectivo con el que se refieren a una persona que estudia mucho
4. Maino, J. *San Juan Evangelista en Patmos*. [Pintura]. Madrid: Museo del Prado; 1612-164. Información disponible en <*https://www.museodelprado.es/coleccion/obra-de-arte/san-juan-evangelista-en-patmos/2b76001e-2c93-4898-b078-127addee77e1*>
5. TOC: Trastorno obsesivo-compulsivo; OCD, por sus siglas en inglés.
6. *Skincare*: En español, cuidado facial
7. *Outfit*: En español, vestimenta, atuendo, especialmente si está de moda.
8. *Ketchup*: En español, también conocida como salsa de tomate.
9. Juan 1:35

Made in the USA
Columbia, SC
25 July 2023